W0369612

Gerd Spiekermann wurde 1952 in Ovelgönne / Wesermarsch geboren. Er studierte Romanistik und Politologie in Marburg und Rennes (Frankreich), absolvierte sein Referendariat in Wilhelmshaven und leistete anschließend Zivildienst in einer Hamburger Werkstatt für psychisch Kranke. Gerd Spiekermann ist seit 1985 Redakteur für Niederdeutsch bei NDR 90,3 in Hamburg. Seit 1988 ist er regelmäßig in der NDR-Sendereihe »Hör mal 'n beten to« zu hören. Eine Vielzahl seiner Geschichten und Erzählungen liegen in Büchern vor, und Live-Mitschnitte seiner Lesungen sind auf Hörbüchern zu finden. Für seine Erzählungen wurde er mehrfach mit literarischen Preisen ausgezeichnet.

Inhalt

Wenn dien Kinner di froogt oder Wat is hangen bleven?

Mien Kinner, de ja in de achtiger un negentiger Johren to Welt komen sünd, de froogt mi foken, wat denn in mien Kinnertiet, also in de fofftiger un sößtger Johren, so begäng un modern weer. Ick segg: *Caro Koffee un Muckefuck, Brandtzwieback un Antjesdrops, Neckermann-Katalog un Singerneihmaschinen.*
Wat hefft ji jo denn in't Fernsehn ankeken, wat för Serien?
Serien? Eerstigmol hefft wi eerst 1963 den eersten Fernseher kregen, de weer swatt-witt un de harr ook blots *een* Programm.
Wat, dat kann ja gor noch angohn? Klor, kann dat angohn. Domols fung dat Fernsehn ünner de Week Klock 6 an, ovends, un güng

bit Klock ölben. Denn keem de Fiepton: Fiiipppp! Wat schull dat denn? Dat Opa wedder upwoken dee, wenn he inslopen weer. Un an'n Wekenenn güng dat Programm al Klock dree los, un denn hefft wi gegen halv dree den Apparoot al anstellt. Woso dat? Dat de Apparoot op Touren keem. De Röhren mussen eerstmol angleuhen. Un wat hefft ji denn för Serien keken? Ick kann di seggen, wecke Serien ick geern sehn wull, de overs nich komen sünd: *Fury* un *Am Fuß der blauen Berge*. Wat keem, dat weer *Luis Trenker*. De stund vör de Kamera, achter em harrn se so'n Bild von de Alpen opstellt, un denn hett Luis vertellt. Ick heff blots wat von Matterhorn verstohn. Mehr nich. Vondogen weet ick, he weer 'n Nazi. Domols wuss ick dat nich. Wurd ja nich över snackt. Overs Nober Rothe weer ook Nozi, Nober Remmers weer Nozi, Nober Ollnborg weer Nozi, Unkel Bernd weer Nozi un Tant Erna ook. Oma un Opa weer kien Nozis. No'n Krieg kemen se all bi ehr anlopen, se schullen för ehr goot seggen, dat se nix doon harrn un blots Mitlöpers weern. Hefft se doon. Persilschien. Wi mööt mit ehr tohoopleven, hett Oma seggt. Opa hett dat foken beduurt. Sünd noch jümmers all Nozis. Opa harr ja een Holtbeen – ut'n Eersten Krieg, Unkel Korl blots enen Arm – ut'n Tweden Krieg – un Unkel Willi een Glasoog – Unfall. Un in't Fernsehn keem *Luis Trenker.* Nozi. Ick wull *Fury* kieken un *Am Fuß der blauen Berge*.

Overs no Luis Trenker keem *Heinz Maegerlein* sien »Hätten Sie's gewusst?«. Weer dat so'n Oort »Wer wird Millionär?« So'n Oort, jo, blots de Priesen weern domols noch 'n beten anners. Wenn Du em seggen kunnst, wecke Mann 1955 in de Mailänder Scala dat Orchester dirigiert hett, as Maria Callas de Madame Butterfly von Giacomo Puccini sungen hett, denn hest du een Mixer kregen. Wat, een Mixer? Jo, un wenn du ook noch wusst hest, in wecke Monoot dat weer, denn kunnst du den Mixer ropsetten op een Koffeemaschin. Wat, een Koffeemaschin? De krieg ick jo bi Aldi för 9,99 €. Ja, wer wird Millionär?

Dreemol weer ick meist ünnert Auto komen, eerst ünnern *Goggo*, denn ünnern *Lloyd* un toletzt ünnern *Isetta*. Ick heff't överleevt. Dank *Sanostol*. Wat is dat denn? Wenn ji weten willt, wat Sanostol is, denn goht man mol in't Internet. Bi Google eenfach »Sanostol« ingeven. Denn kümmst du op Youtube. Op düütsch: DeineTube. Un dor findst denn so'n echte 50er Johren-Reklame von Sanostol. Dor liggt een Kind in't Bett, hett een riesengroot Feverthermoter in'n Hals, un de Vadder löppt jümmers vör dat Bett op un dool un kloogt: Mein Kind ist krank, was fehlt ihm bloß? Un denn röppt von achtern een Stimm: Gib ihm SANOSTOL. Överleevt heff ick *ook Bleyle, Spalttabletten*, de eerste *Ernte 23* un *Leukoplast*. Ick bün ja mol as Kind an so'n Stickeldroht behangen bleven. Ratsch, de Hemdsärmel weer tweireten un op de Huut een roden Striepen. Ooh, hett dat blött un piert. Un dat weer natürlich just an de Bullenweide passeert, wo wi nich hen druffen. Harr Mudder us streng verboden. Veel to gefährlich! Wat nu? Ick heff dat blootversmeerte Hemd gau uttrocken un in de Aschtunn smeten. Man dat Bloot leep un leep. Nu is mien Süster no boven in de Sloopkomer von mien Öllern rönnt un hett Plooster hoolt: *Leukoplast.* Dree lange Bahnen hett se dor opbackt. Dat schall ja helpen. Hett ook hulpen, d. h. gegen dat Bloot, denn *Leukoplast* is ja breet un backst so schön. Man annern Dag mark ick, dat wurd so warm ünner dat Plooster un den drüdden Dag noch mehr. De Stickeldroht is amenn een beten rusterig ween. Un do hett mien Süster dat wedder afreten – dat Plooster. All dree Bahnen to eenmol. Ohhh, dat hett di eerst wehdoon – un Mudder hett schullen, as se dat seeg, un de Dokter hett de Hannen övern Kopp tosomensloon. Ick höör wat von *Blootvergiftung* un *letzten Ogenblick.* Ji seht't: Ick heff dat överleevt. Overs wenn mi vondogen een wat vertellt von *Ganzkörperenthaarung*, denn segg ick: Dat heff ick al achter mi, 1959, mit *Leukoplast.*

Överleevt heff ick ook dat gräsige Impfen. All veer Weken wurd impft: Diphterie un Tetanus – rin mit de Nodel in'n Arm. Blots dat de Nodeln to de Tiet noch 10 cm lang weern un lang nich so dünn as vondogen. Denn keem de Polio-Impfung, op'n Zuckerstück, man denn wedder in'n Arm: Pocken. Ratsch, mit so'n lütt Mest tweemol inritzt. Dat mark ick vondogen noch, wenn ick dor blots an denk. Nich impft wurd gegen Stickhoosten – heff ick kregen, Mumps – heff ick kregen, Masern – heff ick kregen un Windpocken – heff ick ook kregen – un denn leep ick ook noch ganz geel an: Geelsüük. Dree Weken hett dat duurt, un mien Bloot is bit vondogen nix weert. Dat heet ja nu Hepatitis. Dor gifft dat al siet een poor Johren twee Sorten von: Hepatitis A un Hepatitis B. Fröher geev't blots Geelsüük. Dat is Fortschritt, wenn dat nu twee Sorten Krankheiten geven deit. Gräsig fund ick ook, wenn dat in de School heet: *Der Schulzahnarzt kommt.* Mussen wi us all de Tähnen putzen. Ick muss Mudder ehr Tähnenbust nehmen, ick harr noch kien egene. Un denn hett dit Beest von Tähnarzt mi mit so'n Piekser in de Tähnen rumprökelt un jümmers ropen: Nr. 4 – Karies, Nr. 6 Karies. Ick wuss gor nich, wat dat weer.

Överhaupt de School. Wi weern ja nich blots bang vörn Tähnarzt, wi weern ook bang vör de Schoolmesters. Wi kregen ja noch wat op't

Fell – mit'n Stock. Vondogen is dat ja anners-rum. Nu sünd de Schoolmesters bang vör de Kinner, dat *se* wat von ehr op't Fell kriegt. Wenn ick sowat in de Zeitung lesen do, denn denk ick jümmers: Ja, dat gifft doch noch 'n Gerechtigkeit.

Ick heff ja mit mien Frünnen noch midden up de Stroot Football speelt. Mien groot Vörbild weer ja *Uwe Seeler*. De harr so strohblonne Hoor as ick. Wenn ick no Barbier muss un de mi froog: Na, wo schall ick di de Hoor snieden? Denn heff ick seggt: So as *Uwe Seeler*. He hett mi de Hoor raspelkort afraseert un blots vörn een lütte Locke överloten. So as bi *Uwe Seeler*. Un denn wedder rut op de Stroot un Football speelt. Ick krieg den Ball un, so as Uwe, scheet ick em so wiet as nüms anners un, batz, fallt he bi us Noversche, bi Tant Sophie, in'n Goorn un knickt all ehr lütten Bohnen um, de just ut de Grund schoten weern. Tant Sophie breckt ut de Kööк, schellt mit us as för dull. In de Hand hett se een scharp Metz un – pfft –, de Ball is twei. Siet de Tiet eet ick ja kiene Bohnen mehr. Oder ick denk ook jümmers wedder an

mien Schooltiet. Ick muss ja söven Kilometer mit'n Rad fohren un eenmol harr ick een Poor neje Schoh kregen, schöne brune Halvschoh mit Wildledder. Un dor wull ick ja in de School fix mit angeven. Un wiel ick natürlich ganz gau no de School wull, bün ick nich den langen Weg över de Stroot fohrt, nee, ick heff den korten Weg dwars dör't Land nohmen. An de Veehweiden vörbi. Doch as ick al halv no de School hen weer, fung dat an to regen un de Landweg wurd opmol week un deep un smerig un ick bün mit mien Rad hensloon, in de Schiet. Un nu weern miene brunen Schoh opmol swatt, bruun un swatt, un smerig un afschüürt un segen ut as ole Buurnschoh – un mien Büx weer ook noch inreten. Klor, in de Klass hefft se mi all fix wat utlacht. Dat sünd diene nejen Schoh! Seht ja ut as Opa sien Arbeitsschoh, wenn he mit 'n Koor Kohschiet ut't Stall schüfft.
Mien Oma lees *Quick*, mien Süster *Bravo* un ick *Sigurd*. In't Radio leep de *Lachende Vagabund*, de *Suchdeenst von't Rode Krüüz* un die *Wasserstände der Weser und Aller*. Mien

Droom weer jümmers Saft von *Schneekoppe* un *Rotbäckchen – gibt Kraft und rote Bäckchen.* Doch Rotbäckchen weer to düür un geev't blots in't Reformhuus.
Wi harrn ja ook noch kien Auto. Wi hefft allens mit'n Rad affohrt. Rut in de schöne reine Natur. Sünnerlich in'n Harfst, wenn dat regen un stormen dee – Natur pur. Gifft dat wat Schöners? Un denn denk doch mol an dat Tüüg, dat wi anharrn. Geev dat al so … Nee, nix mit Designerklamotten. Domols, as ick jung weer, dor kemen just de Jeans up, de domols noch Nietenbüxen heten deen. Overs dat hefft miene Öllern ja nich leden. Nietenbüxen, dissen amerikoonschen Schiet, hett mien Vadder seggt. Nix. De Jung kriggt een ornliche Manchesterbüx. Overs ick will kiene Manchester … Still! Dat weer doch noch een klore Welt. Nietenbüxen nee, Manchesterbüxen ja. Överhoop dit ganze Diskuteern un Ümtosnacken, dat hefft wi ook nich kennt. Wat de Öllern oder de Schoolmesters seggt hefft, dat weer Gesetz. Basta. Mit Nodenken un Infroogstellen, dor hefft wi us gor nich mit belast. Wi druffen ja ook nich een-

fach so'n Fründin mit no Huus bringen. Dat weer ja stroofbor. Nee, wi sünd nachts ut'n Finster stegen un dorbi heff ick mi mol an'n rusterigen Nogel miene schöne Manchesterbüx tweireten un'n noch mol'n Blootvergiftung hoolt. Ook överleevt – de Blootvergiftung un de Manchesterbüx. Ditmol overs ohn *Leukoplast*.

Överhaupt dat Tüüg: Mien Süster droog Latexbüxen un ick'n Pullunder – över de Manchesterbüx. As Kind harrn wi noch een Leibchen an – mit Strapsen. Weern de Knööp afreten, hefft wi'n Penning nohmen. Mudder ehr Waschmiddel weer *Persil 59*, Vadder drunk *Rolinck-Beer* un Opa kau *Swatten Krusen*. Dat Eten smeck no *Maggi*, denn Mudder kleih överall *Maggi* rin. Ut'n 2-Liter-Buddel. Moondag Maggi, Deensdag Maggi, Middeweken Maggi, Donnerdag Maggi, Freedag Fisch. Ohn Maggi. Over sünnovends wedder Maggi!!!

Un allens wat up'n Disch keem, dat mussen wi ja nich blots eten, dat mussen wi opeten. Opeten! Ick hör ja ook to de Minschen, de bit vondogen an Spinaat nich rankoomt.

Kümmt mi't hooch. Over mien Mudder hett meent, in Spinaat weer veel Iesen in – un dorum kreeg ick jümmers een duppelte Portion – un de muss ick opeten. Swattwuddeln un Wirsingkohl – opeten. Un denn ja Mudder ehr sülvstmookten Suurkohl mit ganz fett Iesbeen: Opeten!!! Melksupp – opeten! Wuddeldick – opeten! Un denn de Bohnen. De wull ick ja partout nich. Doch Mudder hett schullen: Opeten! Nee. Eet disse Bohnen op. Nee, de mag ick nich. Du ettst de Bohnen op! Nee. Denk an de armen Negerkinner in'n Kongo, hett Mudder seggt. De hefft nix to eten, wat weern de froh, wenn de so een schönen Teller vull Bohnen harrn. Nee. Ooh, dor is Mudder vergrellt worrn un is mit den Teller ut de Stuuv lopen. Un do heff ick dacht: Nu is't sowiet. Nu nimmt Mudder dienen Teller mit de Bohnen, sett sick op't Fohrrad un fohrt dor mit no'n Kongo. Heff ick dacht. Doch dat geev ook schöne Doog. Eenmol in't Johr keem to'n Nodisch Fruchtcocktail ut de Döös up'n Disch. Wat för een Fest. *Libby's Fruchtcocktail.* De Döös hett domols 3,20 Mark kost un

Vadder hett 2,40 Mark in de Stunn verdeent. Un wenn denn Mudder sönndoogs to'n Nodisch disse Döös op'n Disch setten un de sinnig opendreihen dee, denn bün ick gau in de Köök lopen un heff een Löpel hoolt. As ick retour keem in de Stuuv, weer de Döös al open, un ick heff mit den Löpel dissen Fruchtcocktail dörgroovt, denn dor weer ja *ene Cocktailkirsche* in, ene, de wull ick hebben, de heff ick overs nie kregen, denn de harr mien Süster dor al vör mi rutfischt un opeten.

Hollstop, seggt mien Kinner denn meisttiets. Hollstop! Overs segg mol, kannst du di denn noch op de Marke von dien eerste Handy besinnen?
Nee, Kinner, dor kann ick mi nich mehr op besinnen. Dat is denn doch al to lang her.

Gode Argumente oder Ansichten von een Mann mit'n Boort

Dösige Frünnen

Ehrlich geseggt: ick mag al gor nich mehr an't Telefon gohn. Nich wegen de dösigen Umfrogen över Stroom un Versekerungen un so, nee, ick will nich mit Dieter un Gisela snacken. Dat sünd twors ganz ole gode Frünnen von us, overs de fleegt um disse Tiet jümmers no Teneriffa. Wiel ehr jo de Sünn so goot deit. Güstern reep Dieter wedder an un dat eerste, wat he sä, dat weer: 25 Grod. Ick sä, wat is los? Gerd, wi hefft hier up Teneriffa 25 Grod. Un Ji? 9 Grod. Och, Ji Armen! Grr. Ick heff denn ja, noch as Dieter mit mi telefoneern dee, in't Internet nokeken, un wat stund dor: Teneriffa 19 Grod. De lüggt mi also ook noch frech an. Un dor heff ick em dat overs geven. Hör mol to, Dieter, just de Övergang von den Winter in dat Vörjohr, dat is doch de schöönste un wichtigste Tiet. De müch ick för nix up de Welt missen. Wi plant Stiefmütterchen, de eersten Krokusse sünd al ut de Grund schoten, un wo de sick anföhlt, herrlich, un de Forsythien bleuht in dat schöönste Geel, dat du di vörstellen kannst. Overs, Gerd ... Nix overs. Wenn ick morgens ut de Döör goh un loot mi frische ehrliche 4 Grod in't Gesicht weihen un wenn denn de Sünn dat bit Middag up 10 Grod schafft, viellicht sogor up 12 un wenn ick denn ook noch dit lüchen helle schöne Geel von de Forsythien seh, denn bleuh ick so wedder recht up. Erholung pur is dat! Een Ogenblick weer dat musenstill, un denn sä Dieter: Gerd, hest du de Krokusse anfoot.? Ja, heff ick, de föhlt sick herr ... Gerd, nu ward mi klor, worum du so verdreiht snacken deist. Wat do ick? Hest du dat nich wusst? Wat wusst? Na, Krokusse sünd giftig.

Eenfach so Urlaub moken – geiht nich!

Wenn Du meenst, du kunnst eenfach so in'n Urlaub fohrn, ick meen, dor hen fohrn, wo di dat gefallt oder wo du al jümmers mol hen wullst, denn mööt ick di seggen: Dor hett een Uul seten. So eenfach geiht dat nich. Natürlich kannst du Urlaub moken, wo du wullt, man wat achterher de Lüüd von di denkt, dat is wat anners. »Sage mir, wohin du reist, und ich sage dir, wer du bist« – dat is de bittere Wohrheit. Dat is doch so: flüggst du no New York, denn gellst du as riek, weltopen un sexy. Big Apple even. Ick weet al, worum wi dor al tweemol röverjettet sünd. In Rom weern wi ook al. De de ewige Stadt besöökt, de sünd twors intelligent, se ward dor för tomindst hooln, gellt overs ook as eernst. Tja, soveel Geschichte mookt nodenkern. De no Wien reisen doot, hefft wi ook al mookt, de sünd twors klook, doch ook langwielig, so'n beten von güstern. Wiener Walzer, de drüdde Mann un Melange, de sünd out. Un denn, ick geev dat to, ick geev dat to, sünd wi ook al mol up Mallorca ween. Mööt ick jo vertellen, wat för een Etikett siet de Tiet up us backt? Handdookutlegger, Suupnesen un Gröölopen. Un dor mööt wi hoochnödig wedder von afkomen. Un dorum heff ick mien Fro vörsloon: Wi fohrt dit Johr no Staffa. Staffa? seggt mien Fro, kenn ick nich. Staffa, dat is een lütt Eiland vör Schottland – dor wohnt nüms! Un wenn wi achterher vertellt, wi weern dree Weken op Staffa ween, denn mööt wi us um us Image kien Sorgen mehr moken. Wi gellt klook as Humboldt, hefft den Moot von Messner, sünd weltopen as Lagerfeld un sexy as Brad Pitt un Angelina Jolie. Sexy? froogt mien Fro. Wat is an so'n Eiland denn sexy? Minsch, dat liggt doch up de Hand: Wi beiden sünd alleen!

Urlaubsvertellen

Hannes un Bärbel sünd wedder dor – ut'n Urlaub. Se weern ja dree Weken boben in Land Angeln in een eensam Ferienhuus an de

Oostsee. Dor wullen se bi een lütte Grillparty von vertellen. Stell di vör, sä Hannes, dat Huus hefft wi eerst gor nich funnen. Een un halve Stunn sünd wi dör de Gegend karjuckelt, bit wi een olen Buur up'n Trecker anhooln hefft un de sä: Hunnert Meter un denn rechts af. Wat? Jo, dat Ferienhuus höört mi to. Pffft. Is dat nich to'n scheten? Jo, dat is dat. 'n Viddel Stunn loter kemen de neegsten Gäste un frogen: Na, wo weer't in'n Urlaub? Hannes glieks: Wi hefft dat Ferienhuus eerst gor nich funnen, wi sünd ene Stunn – annerthalv, Hannes – jo, annerthalv Stunnen dör de Gegend karjuckelt bit wi een Buur – een olen Buur, Hannes – ja, een olen Buur up'n Trekker anhooln hefft un de sä: Hunnertfofftig Meter – nee, hunnert Meter – ja, hunnert Meter un denn rechts af. Stell di vör, dat Ferienhuus höör em to. Pfft. Is dat nich to'n Scheten? Jo, dat is't. No nochmol teihn Minuten loter kemen de Novers: Na, wo weer't in'n Urlaub? Du, wi hefft dat Huus eerst gor nich funnen ... nee, sä ick, ene Stunn sünd se in de Gegend rumkarjuckelt – annerthalv, Gerd – jo, mientwegen annerthalv – un as se no

Hunnert Meter rechts afbögen wullen – ja, dor stunn dor een Buur – nee, Hannes, de seet doch up'n Trecker – stimmt, un stell di vör, em höör dat Ferienhuus to. Pfft. Jo, overs wiel Hannes un Bärbel em nu al dat drüdde Mol no dat vermuckte Ferienhuus froogt hefft, dor wull he ehr dootscheten. Pffft.

De Düütschen – een Lögenvolk

Wat hett Otto mol sungen: »Dänen lügen nicht«. Dat kann woll angohn, overs de Düütschen, de löögt as man wat. Vör all, wenn dat um dat Thema Urlaub geiht. Kortens hett dat mol wedder een grode Umfroog geven un dorbi hefft de mehrsten seggt, dat, wenn se mol seggen mit'n Fleger no Malle reist un de Maschin in Palma opsetten deit, dat se denn nich klatschen doot. Dat findt se all lachhaftig, nee, sogor pienlich. Dat deen se nich. Hahaha! Dat kenn ick overs anners. Se klatscht as up een Konzert von Placido Domingo. Un denn de Slacht um de Liegestöhl an'n Pool. Nee, nüms höört to de Lüüd, de morgens al fröh upstoht un ehr Handdook utrullt. In'n Urlaub will een doch utslopen. Tja, hett sick wat mit utslopen. Klock söven sünd doch al de mehrsten Stöhl weg. Schall ja Lüüd geven, de ehr Kinner al vör Dag un Dau mit de Handdöker losschickt, wiel ehr dat sülvst to genant is. Doch se seggt, se willt utslopen. Un denn, wenn se tohuus anroopt oder 'n Ansichtskort verschickt, denn heet dat jümmers: Allens prima, prima, prima. Hotel best, dat Weer allerbest un dat Eten nich to toppen. Un denn de velen netten düütschen Landslüüd. Disse Urlaub: een Droom. Allens logen. Froog mol de Reiseveranstalters, woveel Klogen de Johr um Johr up'n Disch kriegt.

Nee, leve düütschen Landslüüd, weest doch mol ehrlich. Wi klatscht in'n Fleger, wi rullt Handdöker ut un wi meckert in ene Tour över dat Büffet. Oh, heff ick just even *wi* seggt? Nee, ick meen natürlich: Ji!

Lotto – spelen oder verleern?

Mien Kinner froogt mi foken: Segg mol, Gerd, wat hest du fröher egentlich an'n Sünnovendovend mookt? Büst du utgohn? In de Disco? Dor muss ick lachen. Utgohn? Nee, veel beter. Wi hefft Feernsehn keken. Hans-Joachim Kuhlenkampff, Rudi Carrell oder Ohnsorg-Theoter mit Heidi Kabel un Henry Vahl. Un denn? No'n Bett? Nee, denn keem ja de Höhepunkt von den Sünnovendovend: Nu keem Karin Tietze-Ludwig mit de Lottotohlen. Mien Vadder harr al gegen Klock negen den Schien proot leggt un schimp up Kuhlenkampff, wenn de mol wedder um een halve Stunn övertrecken dee un denn endlich – gegen halv ölben – von Herrn Martin sien Mantel kreeg. Overs denn – denn güng dat up den Höhepunkt to. Karin Tietze-Ludwig sä den allerwichtigsten Satz: »Der Aufsichtsbeamte hat sich vor der Sendung vom ordnungsgemäßen Zustand des Gerätes und der 49 Kugeln überzeugt.« Un denn dreih sick de Trummel un de ordnungsgemäßen Kugeln fullen een bi een in so'n lütt Rohr. 27. 8. 43. 16. 39. 3. Und

die Zusatzzahl: 21. Hefft ji denn ook mol wat wunnen? Jo, af un an mol dree Richtige, tweemol in't Johr veer – overs dat weer't. Oh, un denn weer Opa trurig? Trurig? Nee, gegendeel. He sä blots: Wedder nix. Mööt wi ja Moondag wedder arbeiten. Drunk sien Glas Beer ut un denn knippoog he mi noch to un sä: Gerd, is ook beter so.
Mien Kinner keken mi mit grode Ogen an: Un dorför büst du an'n Sünnovendovend in'n Huus bleven?

Feste mööt een fiern as se fallt

Wenn ick ovends no Huus henkoom, denn kiek ick jümmers toeerst de Post dör, smiet de velen Reklamebreven in'n Papierkorv, de Reeknungen legg ick an de Siet un wenn ick Glück heff, is dor ja ook noch een Breef bi, över den ick mi freien kann. Vörgüstern weer dat so. Een Smuckkort. »Liebe Nele, alles Gute zu Deinem 4. Geburtsdag.« Ick weer baff. Nele, dat is use Hund! Un de Kort keem von use Tierdoktersch. Klor, de hett ja all de Doten in ehrn Computer, un de smitt de Korten denn automotisch rut. Dat is ja mol een Service. Mien Fro un ick weern us enig: So een Dag mööt wi fiern. Un denn sünd wi glieks no usen Futtershop fohrt un hefft för Nele een Geburtsdagshunnenkoken köfft. Sowat gifft dat. »Happy Birthday!« stund dor op. Un ick heff noch fief Swiensohrn för ehr mitnohmen un mien Fro een grode Tüüt vull mit Leckerlis. Tja, un denn hefft wi mit Nele Geburtsdag fiert. As se den Hunnenkoken up harr, denn heet dat: Een Leckerli för Frauchen, een Swiensohr för Herrchen – un Nele hett dat all wegneiht. Mann, de hett sick freit. Wat so een lütten Hund allens verputzen kann. Nich to seggen. Blots, annern Morgen leeg use lüttje Nele in ehrn Korv un kunn sick nich mehr rippen un rögen. Se japps no Luft un verdreih de Ogen. Also rin mit ehr in't Auto un af no de Tierdoktersch. Gottloff harr ick de Geburtsdagskort opbewohrt, dor stund ja de neje Adress von de Praxis mit de Spreektieden op. Wenn wi disse Kort nich kregen harrn, denn ... dor mag ick gor nich an denken.

Juchhei lustig, seggt he, ick bün Kock …

»Bonjour!«, »La carte, s'il vous plaît!«, »Bon appétit!« – ja, ick öōv al 'n beten franzöösch. För mien niegen Job. Ick warr Koch in een Restaurant mit düütsche un franzöösche Köök. Tja, wo bün ick dor an komen? Vör een poor Doog pingel mien Handy, een nette junge Fro mell sick un sä, se harr mien Annonce leest. Ick weer ja eerst ganz baff un dach al an Telefonmarketing oder noch slimmer wat. Man se füng glieks an to vertellen, dat se bi disse Annoce foors dacht harr: Dat is de rechte Mann, de kann wat, den mööt ick hebben. Na ja, sowat höört een ja geern. Mi weer klor, se harr sick verwählt, man ick heff mi eerstmol dumm stellt un ehr snacken loten. Un rut keem: Se bedrifft dat Restaurant »Schwanenkönig«, dat löppt allerbest un dorum bruukt se noch een tweden Koch. Ick glööv ja nich an Tofälle, man as ick dat höörn dee, dach ick: Dat is doch een Teken, een Chance up een anner Leven. Ick as Koch! As Starkoch in't

Fernsehn natürlich! Ick seeg mi al in ene Reeg mit Alfred Biolek, Alfons Schubeck un Tim Mälzer. Mien Spiekispezialität: Gröönkohl an Soltkantüffeln up Kassler un Pinkel. Dorto een frisch tappt Glas Beer un achterher een Köm, ieskoolt. Dorum sä ick to de Schwanenkönigin: Dat kunn mi interesseern. Wo bedrievt se denn ehr Restaurant? In Saarbrücken, een poor hunnert Meter von de franzöösche Grenz af. Ick weer platt – un heff den Job annohmen. Tokomen Week geiht't los! Wat? Dat glöövst du nich? – Na, denn even nich.

Eten no de ole Oort

Mien Fro is ja upstunns up een ganz gediegen Padd togang: Se will wedder no de ole Oort koken. Se will Eten op'n Disch kriegen, dat ehr Mudder un ehr Oma fröher kookt hefft. Dat klingt ja eerstmol nich so verkehrt. Ick sä, denn fang man glieks mit Rindsrouladen an, dat weer een Spezialität von mien Mudder. Du denkst natürlich blots an Fleesch. Na klor, ick denk an »gemischte Bratenplatte«, an Mudder ehr Frikadellen un an Kasseler. Lecker. Un ick, sä mien Fro, ick denk an Wirsingkohl ... Kiek an! Un mi fallt bi ole Rezepten vör all Wuddeldick in. Wat is dat denn? Wuddeldick kennst du nich? Du nimmst een Bund Wuddeln, de muss du anschrappen un in lütte Stücken snieden, denn höört dor mehlige Kartuffeln to: afschillen un ook in lütte Stücken snieden. Een Kookwust, ook in Stücken snieden, wenn du wullt, een Stück gestriepeten Speck – ick weet, ook in Stücken snieden – een Handvull Petersill un dree Tassen Bouillon. Dat kümmt in een groden Pott un denn mutt dat solang koken, bit du dat ene von dat anner nich mehr kennen kannst, denn hest du Wuddeldick. Dat is wat för Lüüd, de Last mit de Tähnen hefft, de eet geern Wuddeldick. Is goot, Gerd, sä mien Fro, denn gifft dat even keen Wuddeldick. Prima, un wat eet wi denn? Ick dach, Melksupp mit Gruben. As ick dat höörn dee, kreeg ick upmol so ganz flau Geföhl in'n Mogen un sä to mien Fro: Wo weer't, wenn wi us vonmiddag mol wedder wat von'n Chinesen komen loot? Wat? Ja, de hefft ook wat mit Wirsingkohl.

Klogroschen

Möten kost ja Geld in Düütschland. Wenn du mol möößt, meen ick, möößt du in de Tasch griepen. Fröher säen wi dor Klogroschen to. Vondogen is dat ja foken al een Kloeuro. Is för mi ook in Reeg. Ick betohl dat. Geern sogor. Denn ick heff mol wat beleevt, dor muss ick un wull ook, kunn overs nich. Betohlen, meen ick. Dat weer Midde de 80er Johren, dor fohr ick mit'n Auto von Hamborg no Berlin. Transit! Domols geev dat ja noch de DDR. Un ick muss upmol. Achter Ludwigslust bün ick dorum up een Transitraststee fohrt un stüür nu glieks up de Toiletten to. De lütten Geschäfte, de kossen nix, man wenn du in een Kabin wullst, denn muss du berappen. Teihn Penning. Den muss du an de Klodöör insmieten, eerst denn kunnst du rin. Ick greep in de Tasch – un fund Gottloff een Groschen. Weer overs Westgeld. Un dat pass dor nich rin. Muss ick wedder rut un bün no den Tankwart gohn un wull bi em West- gegen Oostgeld intuuschen. Ick sä, äh, beste Herr … Wat is? Man, wo schull ick dat nu seggen? Geev mi mol een Aluchip, äh, een Oostgroschen, nä, een DDR-Groschen, äh … Doch denn fullt mi dat in: Köönt Se mi een Groschen BRD-Währung, Valuta, gegen een Groschen Zahlungsmittel der DDR intu … Och, mien Jung, sä he, möößt woll mol up Klo, wat? Hier – gode Verrichtung! Un denn drück he mi so een gries 10 Penningstück in de Hand. Eenfach so. Mien Westgroschen kunn ick beholen. Un dat weern doch harte Devisen. Een poor Johr loter is de DDR denn ja in de Grütt gohn. Un ick kann seggen: mit 10 Penning büst du dor bi ween.

Kinner mit'n Willen, de kriegt wat …

Wenn dat um de Kinner geiht, denn schullen Öllern ja dat Seggen hebben, un de Verwandtschup hett sick ruttoholen. Dat is mien Menen. Kunn ick ja nich utstohn, wenn t. B. mien Vadder mi vertellen wull, wat miene Kinner to doon oder to loten hefft. Dat heff ick mi verbeden. Vör all, wat dat Eten anlangt. Wo slecht just toveel Sööts bi de lütten Kinner is, dor weet de Olen ja meist nix von af. Doot overs jümmers so, as weern se de groden Experten. Kortens harrn wi ja usen lütten Enkelsöhn to Besöök. De Jung is nu goot veer Johr olt un, klor, he is een söten Jung, wi hefft usen Spooß mit em. Man he kann ja ook een Stuurkopp ween, pass up. An'n Ovendsbrootsdisch weer em ja nix recht. Kees wull he nich eten, Wust ook nich. Un Tomoten al gor nich. Kiek doch mol, Opa hett so fein den Disch deckt, un du wullt nich eten? Is doch allens lecker, hier de Kees … Opa, Nutella! Ick wuss nich, wat ick seggen schull. Nee! Sowat gifft dat ovends nich mehr. Dat is totool ungesund, kriggst du ganz slechte Tähnen von, un de mookt denn aua! Fung he an to blarren. Ja, denn even nich. Denn musst du even blarren. Overs dat Nutella-Glas blifft in't Schapp. Basta. Een halve Stunn loter keem mien Dochder un hool em af. De hett natürlich foors sehn, wat los weer. Wull he kien Wust un Kees eten? Nee, he wull … he wull Nutella. Ja. Un worum hest du em dat nich geven? Wat is los? Kinner dröövt doch ovends kien Söötkroom mehr. Dat is nich gesund. Dat kann ick nich verantwoorten. Gerd, hest du dat denn al vergeten? Wat heff ick vergeten? Na, dat hest du doch al bi us nich dörsetten kunnt.

Dat Mallöör mit dat Glück

Kortens heff ick mi mit een Kolleeg meist in de Wull kregen. Klor, dat güng um dat Glück. He froog mi, of ick Lotto spelen dee. Ick sä, nich jede Week, overs wenn de Jackpott mol wedder överlöppt, denn mook ick ook mien Krüzen. Wiel dat doch jümmers heet: Mit'n ganz lütt beten Glück sünd Se morgen al Millionär. Wullt du dat? Dösige Froog? Türlich will ick dat! Büst du seker? Klor, ick will de Millionen hebben, Mann. Wullt du de wohrhaftig hebben, froog he mi. Klor un dütlich: JO! Un denn? Denn ... Denn musst du wieder leven as bit nu. Wat? Ick kann nich uphöörn to arbeiten ... nee ... keen grode Reisen moken ... nee ... mi keen Lamborghini kopen? Nee! Gerd, stell di vör, du winnst disse Million un fangst mit Geldutgeven an, wat passeert denn? Du meenst, denn snackt sick dat rum? Dat deit dat! Un all willt se dor wat von af hebben? Dat willt se. Un ick kann mi för Anropen un Breven nich mehr bargen? So is dat!. Un wenn ick nix afgeev von mien Millionen ... Denn, Gerd, denn heet dat: disse Giezknüppel, disse Egoist, disse ... Wullt du di dat anhöörn? Nee, will ick nich. Un denn, Gerd ... Ick weet, denn segg ick mi: Harr ick dissen vermaledeiten Lottoschien blots nich afgeven. Un nu? Nu tipp ick blots noch in ganz normole Weken – ohn Jackpott. Wat? Na ja, ick hoop up veer Richtige, dat bringt so 40 bit 50 Euro, kann ick mit mien Fro för eten gohn. De freit sick. Gerd, ick wünsch di veel Glück.

Een Keerl mit Boort, dat is nix?

Wat heff ick nu leest: Ut'n Keerl mit Boort ward nix. Dat seggt een so'n ganz kloken Managercoach. Wenn du dat to wat bringen wullt, denn mutt de Boort af. So'n Boort, dat is een Karrierekiller. Mannslüüd mit'n Boort, de seht oolt un düüster ut, un dat is nich goot för een Chef. Een Chef, de mutt een open Gesicht hebben, ja, open, denn dor kiekt se ja all rin, in dat open Gesicht. Un wenn dor Hoor sünd, denn is dat so, as keek een in een swatten Ruum oder in'n düüstern Woold, un denn ward een bang, so as Rotkäppchen. Geiht't noch? Ick drääg ja nu al siet veertig Johr een Vullboort un seh ick oolt un düüster ut? Mag een mi nich geern ankieken? Mook ick de Lüüd bang? Na, dat wull ick ja woll menen. Gegendeel! Veel Froonslüüd, de findt ja just Mannslüüd mit'n Boort fründlich, charmant un vör all sexy. Denk doch blots mol an Sean Connery, weeßt doch, James Bond. He is jümmers noch de »sexiest man alive« – mit Boort! Ja, so'n Boort, de hett wat, dat kannst mi gloven. Kortens weer ick in't St. Pauli-Theoter un as ick no de Vörstellung noch so'n beten över de Reeperbohn spazeert bün, keem doch nich een junge smucke Deern up mi to, krauel mi in mienen Boot un sä: Wo is't, willt wi nich een Tass Koffee tosomen drinken? Ick sä: Velen Dank, overs so loot drink ick gor keen Koffee mehr. Un bün denn wieder gohn. Doch mi weer ganz klor, worum de just mi ansnackt hett. Wegen den Boort hett de mi mit Sean Connery verwesselt.

Hauptsook di goht nich de Argumenten ut

Mien Vadder hett jümmers seggt: Wenn du mol um een Utreed verlegen büst, denn hest du dat nich beter verdeent. Recht hett he. Ick besinn mi noch up een bunten Nomiddag bi een Heimootvereen in de Neegte von Bremen. De lüttje Sool is barstenvull Lüüd, keen Platz mehr free. Dree Minuten vör dat losgeiht, kümmt noch een Fro rin. Un wo schall ick sitten? De Boos von den Heimootvereen seggt, wat he seggen mutt: Deit mi leed, Se koomt to loot. Allens vull. Seggt se: Overs mien Mann liggt doch in't Krankenhuus. Of Ji't glöövt oder nich, den Heimootboos hett dat övertüügt. He is upstohn un hett sick den bunten Nomiddag in'n Stohn ankeken. Kortens snackt mi mien Nover an. Segg mol, Gerd, de Gastweert Spiekermann in Ollnborg, is dat dien Unkel? Ick segg: Ick heff kien Unkel, de Spiekermann heten deit. Büst du seker? Ganz seker. Overs dat Lokool löppt goot. Hmmh? Viellicht schull ick mi dat mit den Unkel ja noch mol överleggen.

Doch wat ick nie vergeten do, dat is mien Vadder, de up een Vaterschaftstour mit sien Kumponen mol in een Utflugslokool up een Koppel Landfroons dropen is. In dat Lokool is just Danztee – mit Damenwahl. Un prompt kümmt een Fro up mien Vadder to: Darf ich bitten? Mien Vadder weer ja een Danzmuffel von de slimmste Soort. Ick heff'n Stock, hett he seggt, un sienen Spazeerstock wiest. Un de Fro is afseilt. Overs Vadder! Heff ick denn logen? Nee. Tja, sä he: Nich logen, un doch een goot Argument – mehr kannst du nich verlangen!

Miene Öko-Bilanz

För miene Kinner verstoht sick veel Soken ganz von sülvst, de för mi un mien Fro vör rund 30 Johr noch ganz neet weern. Ick meen sowat as Mülltrennen, weeßt doch: graue, blaue, geele un gröne Tunn, Glascontainer, up Spritverbruuk achten usw. Dat weer ja för us totool neet. In use eerste

Wohngemeenschup fung dat ja mit Korkensammeln an. Ut ole Korken wurd Dämmmaterial mookt, dat wussen wi. Un dat weer goot. Ja, wi hefft Wien sopen för den Umweltschutz. As de Kinner lütt weern, geevt't een groot Pohei um de Waschmittel. De weern, wurd seggt, nich goot för Kinnerhuut – allergische Reaktionen, Hautirritationen – un klor, dat wullen wi nich. Hefft wi also Ökowaschmittel köfft. Dat schetterige Tüüg von de Göörn, vör all de Kleckerlätzchen, de geel weern von de Ökomörchen, de wi bi een alternativen Gröönhöker köfft harrn, disse Kleckerlätzchen kemen just so geel ut de Waschmaschin wedder rut as wi se dor rindoon harrn. Un denn dat Ökoschampoo – ohn Chemie, versteiht sick. Ick heff in mien Leven noch nie socke stohigen un stumpen Hoor un soveel Schuppen hadd as to mien hoge Ökotiet. Dat slimmste overs blifft för mi bit vondogen de Altglascontainer. Wo foken stoh ick dor vör, hool een Buddel gegen de Sünn un froog mi: Is disse Buddel noch gröön oder is de al bruun? Schall ick jo wat seggen? Ick heff dat in't Internet nokeken.

Un dor ward seggt: In'n Twiefel den Buddel bi gröön rinsmieten. Wunnerbor! Un ick dach al, ick muss no'n Ogendokter – för den Umweltschutz.

Sektumfroog

Ick heff mi ja al jümmers froogt: Woans kriegt disse Trendforschers egentlich rut, wat just in is un wat out. Nu weet ick dat, denn ick heff nu sülvst an so een Umfroog deelnohmen. Ick goh güstern Middag ganz harmlos in Hamborg övern Jumfernstieg spazeern, as mi een junge Fro anspreckt un froogt, of ick nich mol even ganz kort an een Umfroog deelnehmen wull. Ick sä: Worüm geiht dat denn? Um Sekt! Sekt? Ick drink egens gor keen Sekt. Och so, overs dat mookt nix. Na denn, bün ick mitgohn un heff mi befrogen loten. Se hett mi denn fief Buddels wiest un froogt, of ick de kennen dee. Kennen ja, overs ... Goot, un wecke Buddel spreckt Se an'n meisten an? Ick kiek mi de Reeg an un bliev bi enen Buddel mit mien Oog behangen, wiel de Schrift so lütt weer. Also Nummer dree. Möögt Se lever gröne Buddels oder witte? Tja, gröön is ja egens mien leevste Farv, man ick drink ja egens gor kien … Gröön. Wunnerbor. Wenn Se Sekt inkoopt, gifft dat den Utslag? Ick koop ja egens kien Sekt … overs dit bunte Etikett … Danke. Un wo foken koopt Se Sekt: Een bit dreemol in't Johr? Veer bit söß Mol oder fokender? Nee, so foken nich … Also een bit dreemol. Prima. Dat weer't al. Se köönt sick wat utsöken. Oh, prima, denn nehm ick dissen grönen Buddel … Nee, hier, sä de nette Fro: Wiengummi oder Lakritz. Och so. Denn Wiengummi. Ick heff denn glieks mien Fro anropen: Wi hefft wat wunnen, koop för hüüt ovend een Buddel Sekt in. Goot, sä mien Fro, un wat för een Buddel wullt du? Een grönen oder een witten?

Mol so recht ut de Reeg fallen

De Tiet vör't Inslopen, dat is för mi de schöönste von den ganzen Dag. Denn loot ick eenfach mien Gedanken so lopen un stell mi vör, ick weer een ganz annern Minschen. Echt wohr. Denn stell ick mi vör, ick wurd mol wat totool Verrückts anstellen. Mit no'n Mars flegen to'n Bispill. Man dat schall ja över een halv Johr duurn. To lang. Nee, ick will den Kick, dat gaue Vergnögen. Mol seggen: in Las Vegas morgens Claudia Schiffer heiroten un sick ovends wedder scheden loten. Geiht ook nich, de is al verheiroot – un ick ja ook. Mien Vörbild is ja een Hamborger Moler. Horst. De is vör rund 50 Johr för sien eersten Biller uttekent worrn – mit 1000 Mark. Dat sünd soveel as rund 3000 € vondogen. Un disse Moler, de hett dat Geld nich fein ornlich no de Bank bröcht, nee, de hett een poor Frünnen inloodt, se hefft sick een Taxi komen loten, sünd an den neegsten Kiosk fohrt, hefft rejell Sluck un Beer an Boord nohmen un sünd denn solang ehr Runnen um de Alster fohrt, bit de dusend

Mark up weern. As dat rut keem, hefft de enen Lüüd lacht: So dösig much ick ook mol ween! Un annern hefft de Nees trocken: De is ja nich bi Verstand. Ick bewunner dat. Dat weer ook wat för mi. Eenmol allens rundum vergeten un so recht up'n Putz hauen. Hah. Dat weer een Spooß. Tja, sowat fallt mi kort vör't Inslopen in. Un wenn denn een von Jo dor mit bi ween will, bi dit Alstervergnögen, kien Probleem. Mit 3000 Euro büst du dor bi.

Goh mi af mit de verdreihten Nomens

Mit mien Brägen is ja, glööv ick, noch allens in Reeg. Goot, dat kümmt vör, dat ick mien Brill mol söken do oder den Autoslötel in de Hand heff un liekers denk: Wo mag blots de Autoslötel ween? Just even harr ick em doch noch. Dat geiht annern overs just so. Mit Telefonnummern heff ick gor kien Problem: Tohuus harrn wi 485, mien eerste egene

Nummer in Hamborg weer 6029720 un nu heff wi … geiht Jo ja nix von an. Last overs heff ick mit Nomens. Wo foken droop ick Lüüd, de mi fründlich de Hand geevt un denn seggt: Moin, Gerd! Un ick kiek disse Minschen an un denk: Wo mag de man noch heten? Un mi fallt de Noom nich in. För dissen Notstand gifft dat sogoor een latiensch Woort, dat fallt mi overs ook nich in. Ick segg denn tomeist: Moin! Na, wo geiht't? Dor koom ick ook meist jümmers mit dör, man wenn denn – dör een dummen Tofall – mien Fro bi mi is, un ick schall ehr dissen Nomenlosen vörstellen – grrhh. Dat is denn, sotoseggen, de Supergau. Nu löppt mien Brägen up Hoochtouren. Wo heet de man noch? De Noom, geev mi den Noom! Doch in mien Brägen is he nich, de verdreihte Noom. Wat nu? Ick segg denn foken: O ja. Moin, dat is mien Fro, äh, deit mi leed, overs ick mööt mol even um de Eck. Mookt jo man sülvst even mit'nanner bekannt. Un denn bün ick rett't. Up een Party is mi dat eens dreemol so gohn, d. h. ick muss dree Mol even um de Eck. As wi no Huus hen fohrn deen, sä mien

Fro: Segg mol, Gerd, hest du't mit de Bloos? Nee, egens nich, dat Lieden kümmt blots up Parties mit veel Lüüd – un wenn du denn ook noch mit dor bi büst.

Koom mi nich an de Farv

Ick kann dat nich mehr höörn, dat Quaken un Quesen von de Lüüd um mi to. An allens hefft se wat uttosetten. Overs wenn sick wat ännern deit, denn heet dat: Koom mi nich an de Farv. Froogst du t. B. Autofohrers in Hamborg, denn brüllt een eenstimmig Chor: »De Stroten in Hamborg sünd een eenzige Katastrophe. Du meenst, du föhrst övern Feldweg.« Ward overs een Bostell inricht, denn is dat Gebrüll noch grötter: »Doch nich op mienen Arbeitsweg!« Is ook nich schööön, wenn se in dien Noverschop een dreestöckig Gebüde mit 12 niege Wohnungen hoochtrekken doot. Gifft Larm un Schiet. Wohnungen sünd knapp, dat weet wi all, doch dat mööt ja nich bi mi um de Eck ween. Windkraft is ja wunnerbor, overs up de groden stenern Windmöhlen will nüms kieken. Dat seggt de Lüüd overs nich. Opmol geiht dat um den Rotmilan in de Feldmark bi ehr um de Eck. De haut af, wenn de Windkraftrööd sick dreiht. Hahah, de mehrsten hefft noch nie een Rotmilan sehn. Goh mi af! Wat anners is dat overs, wenn se, so as bi mi um de Eck, vör een poor Johr een Puff upmoken wullen. Nee, ick wohn nich op St. Pauli. Ick wohn in … een annern Stadtdeel. Un bi us hett sick natürlich ook glieks een Anti-Puff-Initiative gründt. Un disse anstännigen Minschen weern ook bi mi an de Döör mit ehr Ünnerschriftenlist. Eerst wull ick de ja rutsmieten, man denn harrn se all dacht: »Worum is de denn nich dorgegen? Aha, de will seker sülvst … « Un dat is natürlich allens Quatsch. Heff ick also ünnerschreven. Ick bruuk kien Puff um de Eck, denn von mi no St. Pauli is man blots een knappe halve Stünn.

Mucksch? Ick doch nich.

Kortens heff ick mien Fründ Thomas dropen. Wi kennt us al siet Kinnerdogen, wi hefft tosomen Cowboy speelt, us eerste Zigarett tosomen smöökt un ook dat eerste Beer tosomen drunken. Ick sä, Thomas, ick graleer di noch von Harten to dien Geburtsdag. Besten Dank. Na, wenn schall denn de Fier ween? Äh, de is al ween. De is al ween? Wennehr denn? Vergohn Sünnovend. So. Och, sä he, wi hefft blots in'n lütten Kring fiert. Kiek an. Jo, so bummelig veertig Lüüd harr ick inloodt. Veertig? Un dat güng ook blots up Inloden? Jo, jo, overs mehr as veertig Lüüd ... Thomas, dat verstoh ick, du kannst nich de ganze Welt inloden, un mi mookt dat nix ut, wenn ick mol nich dorbi bün. Du büst also nich ... mucksch? Ick? Överhaupt nich. Wo koom ick dorto? Du kannst doch inloden, wen du wullt. Dat is doch diene Geburtsdagsfier. Ick bün doch all de annern Johr dorbi ween: bi dien veertigsten, dien fiefunveertigsten, dien fofftigsten, dien fiefunfofftigsten un nu bi dien sößstigsten sünd mol anner Lüüd an de Tour. Du versteihst dat, Gerd? Hunnert Perzent, Thomas. Ick harr ja veel to doon, wenn ick jedetmol mucksch ween wull, blots wiel ick nich inloodt bün. Nee, nee, ick verstoh dat. Kiek mol, ick ploon ja ook al mien neegste Geburtsdagsfier ... Un, äh ... Thomas. Natürlich warst du inloodt, is doch klor. Oh, Gerd, dat is ja ... Un wenn du tofälligerwies an den Dag nich kannst un afseggen mööß t, glööv mi, Thomas, denn bün ick ook nich mucksch.

Mien Oma

Ick denk ja foken an mien Oma, de ja mol ut'n Bett fullen is. Hett nachts slecht dröömt, hett sick rumsmeten von ene Siet up de anner – un batz leeg se buten. Un se is dor noch nich mol achter komen. Nee, se hett de Bettdeek mit rutreten un is dorum ganz week fullen – un hett eenfach wieder slopen. As se annern Morgen upwookt is, dor is se upstohn un hett eestmol so weiharmt un de Benen vörut smeten. Worum dat denn, Oma? Ick wull weten, of ick mi wat affullen harr. Harr se nich. Mien Oma hett ja an'n leevsten Zoppen eten: Höhnerzoppen, Arfkenzoppen, Melkzoppen. Wegen de Tähnen. Dat Gebitt seet klöterig. Tomindst 35 Johr. Ick heff seggt: Oma, dat muttst du di doch richten loten – *unterfüttern*. Up Krankenschien. Denn sitt dat wedder. Un du kannst mol wedder een ornlich'n Stück Fleesch eten. Och wat, Schiet, hett Oma seggt. Toveel Fleesch is gor nich gesund. Se hett ja ook nix wegsmeten. Papiertüten, Gummibänders, Bindfodens, Wullresten un Knööp – allens wurd upbewohrt. Oma harr ja so'n Büdel mit 150 Knööp. Wenn een Büx oder Hemd von Opa up weer, denn hett Oma de Knööp mit'n Rasierkling aftrennt – un rin dor mit in den Büdel. Ick heff den Büdel noch jümmers, un wenn ick mi de Knööp so ankiek, denn seh ick mien Oma un weet ook, wo se so slecht von dröömt hett in de Nacht, as se ut'n Bett fullen is. Von een toog Stück Fleesch, dat se nich bieten kunn un een Rasierkling, mit de se sick in'n Finger sneden hett. Dor weer ick ook bi ut'n Bett fullen.

Wer soll das bezahlen?

Wenn een seggt, he loodt di in, denn loodt he di doch ook in, oder nich? Ick froog ja blots, denn af un an is mi dat nich so recht klor. So as up Unkel Herbert sien Geburtsdag. Den wull he in'n lütten Kring in een fein Lokol fiern. Acht Lüüd, mehr weern wi nich. Jeden een kunn sick utsöken, wat he hebben wull, un dat hefft wi denn ook doon. So wiet so goot. No knapp twee Stunnen weern wi denn ook all pappsatt, un Unkel Herbert wunk den Ober her: He wull betohlen. Mien Cousin Hannes kreeg dat ja mit un sä denn glieks: Wat, Unkel Herbert, du wullt dat all alleen betohlen? Overs wi köönt doch ook ... Nee, nee, sä Unkel Herbert, ick heff Jo inloodt, dat geiht för mi. Mann, Unkel Herbert, sä ick, dor seggt wi ja all von Harten Dank for. Un de annern ook: Velen Dank, Unkel Herbert. Wunderbor, un dat Lokol weer ja 1 a, hest du goot utsöcht. Doch Hannes geev keen Roh. Unkel Herbert, wi köönt us doch bedeligen. Nee, is al goot. Segg mol, is de nich bi Verstand? Ick harr gor kien Geld bi mi. Un dorum sä ick: Unkel Herbert, dissen Geburtsdag ward wi so gau nich vergeten! Un ick frei mi, dat Ji komen sünd. Doch Hannes wedder: Dat köönt wi doch gor nich annehmen. Dissen Hannes, den bring ick um. Mien Eten hett tomindst 35 € kost. Kummt nich infroog, wunk Unkel Herbert wedder af. Hannes reet sien Muul al up, as ick em in de Siet stöten dee. Hest du't nich höört: Kummt nich infroog. Doch Hannes wedder: Wi köönt doch tomindst de Gedränke övernehmen. Un dor weer't mi toveel: Hannes, wat hest du Unkel Herbert to'n Geburstdag schunken? Nix, he wull doch nix hebben. Ick weet een wunnerbor Geschenk, dat du em nu moken kannst. Un wat is dat? Hool dien Muul!

Up de Autobohn

Wat du vondogen so up use Autobohnen beleven deist? Kriminell, kann ick blots seggen. Hochkriminell. Denkst du, nu kannst du endlich mol Gas geven, scheert upmol een Laster vör di ut un will een annern överholen. Du mööst dool up 80 un klemmst achter den Brummi fast. Un wat mööst du achtern up sien Dören lesen: »Ohne mich wäre die Autobahn schön leer. Genau wie Ihr Kühlschrank.« Hahaha! Teihn Minuten probeert he, den annern to överholen, overs jümmers, wenn dat ook blots een lütt beten bargup geiht, fallt he wedder retour, un denn nimmt he Anloop för de neegste Attacke. No een halve Stunn kann ick endlich wedder Gas geven. Doch fiefhunnert Meter wieder sitt ick al achter den neegsten Laster fast. Wat steiht up den to lesen: »Natürlich bin ich langsamer als Sie, ich transportiere schließlich ihren guten spanischen Rotwein«. Ick drink overs kien Rotwien ut Sponien. As ick no rund een Dreeviddel Stünn an disse Spritkoor vorbi bün, heff ick – natürlich – glieks wedder so'n Fohrtüüg vör de Nees. Up den steiht: »Wenn's am Berge raucht und stinkt, ein Laster um sein Leben ringt«. So, nu is overs goot. Nu reckt mi dat. Ick krieg mien Handy rut un roop de Polizei an un vertell den Gendarm, wat sick up düütsche Autobohnen so afspeelt. Doch wat seggt de Beamte: Sie rufen doch wohl nicht aus dem fahrenden Auto an? Ohne Freisprechanlage! Ick äh ... heff em gau wegdrückt. As ick al sä: Wat du up Autobohnen so beleven deist: Kriminell. Hochkriminell!

Denn even nich!

Ick höör ja bestimmt nich to de Lüüd, de jümmers överall un an allens wat uttosetten hefft. Wenn ick wat bekritteln do, wat nich foken vörkümmt, denn mööt dat al wohrhaftig ganz dick komen. So as letzt bi Dieter un Gisela, wo wi mol wedder to Besöök weern. Klock söven ovends schullen wi bi ehr to'n Ovendbroot ween. Wi weern een beten to fröh, twintig Minuten, overs stell di vör: de harrn dat Ovendbroot noch nich up'n Disch. Ick finn, dat höört sick nich. Un denn hett Dieter mi ook noch Wittwien anboden. Wittwien is egens in Reeg, blots de mööt denn ook ut't Köhlschapp komen un nich eenfach so ut'n Keller. Handwarmen Wittwien? Bäh! As ick siene wunnerboren Tomoten eten wull, muss ick faststellen, dat he kien Solt up'n Disch harr. Kummst di vör, as weerst du nich willkomen. De Brötchen weer ook pappig, harrn se woll al morgens inköfft un as Gisela denn froog, of wi to'n Nodisch Rode Grütt eten wullen un ick seeg, dat se de nich mol sülvst mookt harr, de keem ook blots ut'n Supermarkt, dor weer't mi toveel. Dor heff ick seggt: Willt ji dissen Sünnovend nich mol to'n Grillen komen? Wi hefft von anner Johr noch Brootwust in't Ies, de mööt mol bi lütten weg un denn heff ick noch 'n halven Kasten Beer rumstohn, de is von Silvester överbleven. Beer höllt ja ook nich ewig. Dieter, du drinkst doch geern mol 'n Buddel Beer? Doch, wat schall ick jo seggen: De beiden hefft hüüt Ovend al wat anners vör. Denn even nich. Hefft wi use Swegeröllern inloodt. De blievt eerstigmol nich so lang un sünd vör all nich so krüüsch.

Datenschrott

… in mien Kopp

Wenn ick morgens in't Büro mien Computer ansmiet, denn deit sick all poor Doog een Finster up: Speicher voll, bitte löschen. Un dat do ick denn ook un heff wedder mien Roh. In mien Kopp hett sick över de Johren ook veel Datenschrott ansammelt, blots denn krieg ick nich weg. Un Schuld dor an is mien ole Schoolmester. Ick bün jo Enne de 50er Johren to School komen un dotiets leggen de Schoolmesters, mien Schoolmester, noch veel Weert op dat Utwenniglehren, up Tohlen un Fakten, de een alltiet paroot hebben muss. Mol gung dat um dat Hermannsdenkmol bi Detmold. Dor weer he ja ganz vull von, us

Schoolmester, un dorum mussen wi weten: De Hermann is 53,46 Meter hooch. Mit Sokkel. Dat mussen wi in'n Kopp hebben. Un denn mussen wi ook weten, dat an'n 31. Dezember 1963 Hamborg 1847637 Inwohners harr. Dat disse Tohl al een Dag loter nich mehr stimmen dee, dat weer em egol. Wi mussen dat so mit Rupps upseggen kónen: 1847637. Dat slimmste overs weer de Quersumme. Wi mussen denn ut de Inwohnertohl von Hamborg ook noch de Quersumme utreken. Mook dat mol. Ick heff in mien ganze Leven nie mehr von wat ook jümmers de Quersumme utrekent. De Quersumme, dat weer blots een Folterinstrument von dissen Schoolmester, anners nix. Un ick krieg dat nich ut'n Kopp. Dat disse Schoolmester al siet 15 Johr doot is, hett ook nich hulpen. Nu wullt du natürlich weten, wat denn de Quersumme von 1847637 is. Dat verrood ick nich, anners kriggst du de Tall ook nich mehr ut'n Kopp: 36!

Smartphone un Wien

Ick denk ja noch geern an de Tieden retour, as wi ovends Frünnen to Besöök harrn un wi us bi een Glas Wien wat vertellt hefft. Wo't de Kinner geiht, woveel Johr wi noch dat Huus afbetohlen mööt un wo een dat an markt, wenn 'n Gallenstenen hett. Disse Tieden sünd ja vörbi. Hefft wi nu Frünnen to Besöök, denn leggt de ja eerstmol ehr Smartphone, d. h. ehr Mobiltelefon mit Computerfunktionalität op'n Disch. Dorbi geiht dat nich to allereerst um Anropen oder dat E-Mails checken, nee, dat Dings ward bruukt, wenn dat um Frogen ut'n Alldag geiht. Echt wohr. Letzt weern Peter un Susann koen, un ick heff froogt: Witten oder roden Wien? Momang, sä Peter un hett eerstmol op sien Smarthone googelt un mi denn een Artikel ünner de Nees hooln: Lever Rot as Witt. Is gesunder. Susann mag overs lever witt un hett solang up ehr Smartphone rumdaddelt, bit se beleggen kunn: Lever witt as rot. Is gesunder. Denn heff ick Chips un Soltstangen up'n Disch kregen. Huii, wedder her mit de Smartphones un wedder wurd googelt, bit Peter sä: Lever Soltstangen as Chips, sünd gesunder, un Susann fund no teihn Minuten wohrhaftig een Artikel, de ehr wies mookt hett: Lever Chips as Soltstangen. Sünd gesunder. Ick heff mi denn eenfach'n Buddel Beer upmookt, heff bi de Soltstangen un bi de Chips tolangt un seggt: Prost! De beiden hefft mi ankeken, as harr ick Gift innohmen. Gerd, wullt' nich eerstmol checken, of dat överhaupt geiht, wat du dor wegneihst: Beer mit Chips un Soltstangen. Nee, heff ick seggt: Lever dood as Smartphonesloov. Is gesunder.

facebook? Nich mit mi!

Mien Kinner, de smiet mi ja jümmers vör, dat ick noch so recht von güstern bün. Nich blots wegen mien Tüüg – Jack, Hemd un Stoffbüx – statts T-Shirt un Jeans. Vör all kööont se gor nich verstohn, dat ick mi noch nich bi facebook anmeldt heff. Dor sünd doch bestimmt een Barg Lüüd, de di as friend, as Fründ hebben willt, ole Schoolkamroden, Studienkollegen, Lüüd, de di mol wedder hello, äh, Moin seggen willt. Kann ween, overs vielleicht will ick dat ja nich. Vör all will ick nich Stunnen um Stunnen vör'n Computer sitten un Lüüd in mien Konkaktlist indrägen, vonwegen: Liken, äh, gefallt mi! De wat von mi will, de schall mi anropen. Pff, seggt denn mien Kinner. Du büst doch totool von güstern. Bit güstern hefft se dat seggt, denn güstern heff ick ehr wat ut de Zeitung vörleest, dat hett ehr denn doch to denken geven. In'n Urlaub ward ja post', rinstellt bi facebook, wat't dor her will. Mit Bild: Mien Hotel, mien Strand, mien Caipi. Doch dat leest nich blots jo'e echten Frünnen, dat leest ook de unechten. De weet nu akroot, dat ji nich tohuus sünd un rüümt ohn Risiko jo'e Wohnungen ut. Tja, wat schrievt Ji denn bi facebook rin: Gefallt mi nich? Mien Deerns weern ganz bedrüppelt un hefft nix mehr seggt.

Ick heff dat ja fröher hasst, wenn mien Öllern jümmers swatt molen un sick jümmers Sor-

gen moken deen, wenn ick ünnerwegens weer. Un domols heff ick mi swoorn: So warst du nich mit dien Kinner umgohn.
Overs domols geevt dat ja ook noch kien facebook.

Dat Handy – een Segen oder een Ploog?

Een Handy, dat is ja egens mol to'n Telefoneern dacht ween. To'n Snacken. Doch middewiel sünd dor de reinsten Kommunikationskillers ut wurrn. Echt wohr. Ick harr mi mit mien olen Schoolfründ Hannes in een Hamborger Café verafreedt, denn wi wullen mol wedder een beten över olen Tieden snakken. Ick weer toeerst dor un heff us dorum een schönen Disch an't Finster besett. No'n poor Minuten kümmt een Familie rin: Vadder, Mudder un twee halvwussen Kinner, un de sett utgerekent an'n Nevendisch. Mann, dach ick noch, nu sabbelt de in ene Tour, un du wullt di doch wat mit Hannes vertellen.

Doch mien Sorgen weern vergeevs. Knapp sitt de veer dor, hoolt de ook al ehr Handys rut. De Jung harr op sien iPhone schiens een Afknallspeel opropen, denn he brummel jümmers »Bamm!« un »Treffer!« De Deern höör sick op ehr Smartphone Musik an. Kopphörers up un Ogen dicht. Vadder bearbeit up'n Blackberry sien E-Mails un Mudder speel Solitär up ehr Galaxy. Snackt hefft de veer kien Woort mit'nanner. Wat is dat blots för een Welt, heff ick dacht. Goht disse Lüüd in een Café un daddelt up ehr Handys rum. Just in den Momang mook dat »Düdüüt!« Ick keek mi um. »Düdüüt«. Nu mark ick dat: Dat is mien Handy. Een SMS: »Kann nich komen. Roop di morgen an. Hannes.« Kannst nix bi moken. As ick rutgüng, seten de veer noch jümmers dor un harrn noch nich een mit'anner Woort snackt. Tja, sünd doch de reinsten Kommunikationskillers, disse Handys.

De Wust smeckt nich

Ick bün dorgegen!

Wenn bekannt ward, dat jichenswo wat Grötters boot warrn schall, een Kinnergoorn, een neje Stroot oder gor een Puff, denn duurt dat ja nich lang un dor gründt sick een Bürgerinitiative, de dor gegen is. Hauptargument is foken: de Weert von use Hüüs halbeert sick, wenn de Kinnergoorn, de Stroot oder de Puff kümmt. De Wohrheit is: de Kinner sünd ehr to luut, de Autos mookt Larm un stinkt un so'n Puff is iihh. Lachhaftig. De Wohrheit heet: Kinnergoorn, Stroten un Puffs: ja, overs nich bi mi. Lehr mi de Lüüd nich kennen. Doch nu heff ick höört, dat se gor nich wiet von us Huus neje

Bohngleisen verleggen willt. Twee Gleisen hefft wi nu al, un dor höört wi ook nich veel von, man dat schöölt nu veer warrn, för den Güterverkehr. Wo lang se dor woll an boen doot? Johren! Un denn de Lastwogens, de Kroons, dat Af- un Uploden, Homern un Sogen, nee, nee, nee. Doch wat mi veel mehr an't Hart liggt, dat is de Natur, denn dor mööt se ja ook Bööm för unhauen un Strüük rutrieten un de schöne Gröönstriepen langs de ole Bohn is denn ook weg. Just dor heff ick letzten Sommer noch de grode Heidelibelle sehn, steiht op de rode List, un de Blauflügel Prachtlibelle, de meist al utrott is un denn ook noch Fledermaus-Azurjungfer, de du ook al söken musst. Nee, um den Weert von mien Huus is mi nich bang, un de Larm, de geiht ook mol vörbi, overs disse Libellen, de duurt mi. Un dorum segg ick nee – wegen de arme Natur.

An’n Tresen

Wenn se sick dat utsöken kunnen, de düütschen Mannslüüd, denn wurrn ja de mehrsten an’n leevsten mol mit Jürgen Klopp an’n Tresen stohn un Beer drinken. Denn kümmt Günter Jauch, Til Schweiger un up den letzten Platz liggt Stefan Raab.
Ick stell mi dat just mol so vör: Ick mit Jürgen Klopp an’n Tresen. Klor, ick weet, dat he Trainer von Borussia Dortmund is, man dat is’t denn meist ook al. Gegen wen sien Jungs letzte Week speelt hefft un wo dat utgohn is – kien Ohnung. Overs ick weet, dat he sick Hoor, Egenhoor, inplanteren loten hett. Ick bestell us also een Glas Beer un denn mook ick eerstmol een op Footballkenner: Jürgen, Platz twee in de Bundsliga, dat is doch ook al wat! Graleer di. Oder schall ick em frogen: An wecke Steden hefft se di egens de Hoor wegsneden un wedder inplant? Overs ick weet nich, ick glööv Jürgen hett kien Humor un gifft mi seker keen Beer ut.
Also denn drink ick doch lever mit Stefan Raab. Em wurd ick ook een utgeven un seg-

gen: Stefan, du hest doch up Slachter lehrt. Is dat wohr? Du büst Slachter? Mien Vadder weer ook Slachter. Un jümmers wenn ick di in't Fernsehen … seh … denn … seh ick mien Vadder in sien smerigen blootbesmeerten Slachterkittel un dat grode Mest in de Hand. Echt wohr. Dorum kiek ick diene Sendungen. Prost.
Dat find Stefan Raab seker spoßig, denn de schall ja ganz veel Humor hebben. No sien Lachen tomindst.

3 1/2 Johr

Ick weer ja ook al mol in'n Knast. Nee, nich wat du denkst. As Besöker. Muss dor wat aflevern. Bi de Gelegenheit druff ick mi denn mol allens von binnen bekieken. Ganz harm los. Also harmlos för mi. Overs nu weet ick, wo so een Kaschott von binnen utsüht. Dat is nich schön. Un wenn ick mi nu vörstell, dat he, de Präsident, 3 1/2 Johr sitten schall, Mann, dat ward em hart ankomen. Sünd ja just nich groot, de Zellen mit dat Klo in de Eck, un denn de Gemeenschaftsduschen, den gemeensomen Hoffgang mit Lodendeven, Autoklauers un Zechprellers, ook nich schön. Feernsehen kann he ja Gottloff in sien egen Zelle. Nich mehr so as fröher in'n Sool mit de annern tohoop. Tja, stell di mol vör, dor löppt de Champions-League un de mehrsten sünd BvB-Fans oder hoolt to Chelsea oder Galatasaray un freit sick höönsch, wenn Bayern rutflüggt. Dat weer bestimmt nich schön – för so'n Präsident. Overs he mööt ja arbeiten, dat steit fast. Nee, nich Tütenkleven, de Tieden sünd vörbi. De hefft nu Warksteen för Holt un Metall un natürlich ook een Wäscheree un 'n Backstuuv. Dat Slimmste overs, stell ick mi vör, dat ward för em dat Eten. He is doch wennt an siene egene Originol Nürnberger Rostbrootwust. Weeßt doch: Es kann nur eine schmecken! Tja, un nu gifft dat viellicht Bockwust ut de Döös von sien gröttsten Konkurrenten. Un dat 3 1/2 Johr. Dat is al gor nich schön. Ick kann mi goot vörstellen: Dat ward em seker nich smecken.

Spicken

Wenn ick an disse Politikers denk, de in ehr Dokterarbeiten … mol seggen, in de se dat een oder anner rinschreven hefft, wat al in anner Böker stohn hett – lett sick vondogen ja dör Computers licht nowiesen – denn goht mien Gedanken jümmers retour in mien egen Schooltiet. Auhauaha. Ick kann dat ja nu seggen: Wi weern doch Weltmeisters in't Spikken. Zedel in de Mau, also in'n Ärmel, in'n Schoh, boben in't Hemd – nee, ick will hier nich all use Tricks verroden, overs wi leten us al wat infallen. Klor, mol is de een oder anner kregen worrn, man so övern dicken Dumen kemen wi doch op goot 90 % »Nich-Kriegen«. Mol hett een Schoolmester mien Kamrood Thomas up Sicht kregen, as de just up sien lütten Spickzedel kieken dee. Man ehrder de Mester von sien Stohl hooch weer, harr Thomas den Zedel al in'n Mund steken un fung an to kauen. »Ausspucken!« hett de Schoolmester jümmers wedder ropen, »Ausspucken!« Doch Thomas harr den Zedel al doolworgt. »Schall ick mi 'n Finger in'n Hals steken un den Zedel ut ...« Aus! hett de Schoolmester ropen – un dat weer't. Wat för een Spooß. Doch von do an mussen wi dubbelt acht geven. Mien Dischnover Klaus, de weer kien Ass in Franzöösch un ick weer een Niete in Mathe. Wi harr overs een Trick: Bi jede Klassenarbeit hefft wi use Heften een/tweemool uttuscht un an'n Ennen stunn in use Tüügnisse een veer: bi em in Franzöösch un bi mi in Mathe. Un weeßt, wat dor dat schöönste an is: Dat lett sick vondogen nich mehr nowiesen.

Nörgeln

Wat heff ick in de Zeitung leest: »Deutsche nörgeln über alles«. Wat is dat denn för'n Quatsch? Ick nörgel nich, ick legg blots mien lütten Finger up Soken, de nich in Reeg sünd. Wenn t. B. de Winter Midde März nochmol retour kümmt, dor kann wohrhaftig nüms wat för, doch dat mien Nover sien Auto so freeschüffelt, dat *ick* achterher meist nich mehr in *mien* Auto instiegen kann, dat reegt mi up. Upregen kann ick mi ook över Restaurants, de di een Supp vörsett, de blots halv heet is, oder Lüüd, de an de Kass von'n Supermarkt ehr Pottmonnaie umkippt un seggt: »Güstern harr ick noch een fief Cent Stück«. Noch slimmer sünd overs överfulle U-Bohnen, Busse un Iesenbohnen, de nich no Fohrplon föhrt, Filme in't Fernsehen, de ick al dreemol sehn heff, Magarinepotten in'n Köhlschapp, in de nix mehr in is, in de Magarinepotten, meen ick, denn de Mehrwertstüür, rode Ampeln, Staus, utlehte Böker, de nich retourkoomt, kien Taschendook, wenn ick mi snuven mööt, Slötels, de ick nich wedderfinnen kann un kien Lüttgeld in de Tasch, wenn ick mien Auto parken will. Doch an'n slimmsten is Tant Else, de bi so een Gelegenheit jümmers seggt: Tja, Gerd, kennst du nich den olen Snack: »Lerne Ordnung, liebe sie, sie erspart dir Zeit und Müh«. Denn kunn mi ja vergeten un kunn Tant Else ... tja, dat kunn ick. Overs mit Nörgeln hett dat denn wohrhaftig nix mehr to doon.

Wenn een in de Johren kümmt

De Lappen

Schall ick Jo wat gestohn: Ick mööt mien Lappen afgeven. Mien Föhrerschien. Ick heff ja noch so'n olen echten griesen Föhrerschien. Den heff ick an'n 22. Mai 1972 bestohn. Weet ick noch as vondoog. Rüggels inparken, rechts vör links beachten un anfohren an'n Barg. Kunn ick. Kien Problem. Blots bi't Liekutfohren weer ick to tögerlich. Mien Fohrlehrer hett denn stiekum so'n beten op sien Gaspedol pett. De seet ja gegen mi un harr ünnen de sülvigen Pedole as ick. Harr he op de Brems pett, denn harr dat tüüt mookt – un ick weer dorfullen. Overs bi't Gaspedol nich. Ick heff sehn, wo he mi so'n beten hulpen hett, dat ick op 50 keem. Un so heff ick bestohn. Mann, wat weer ick stolt. Un dissen Lappen, den schall ick afgeven – in 20 Johr, meen ick. Ja, bit 2032 heff ick Tiet, denn mööt ick ook so'n Plastikkort hebben. Dat is EU-Recht. 2032 – denn bün ick 80 Johr! Ick weet ja gor nich, of ick denn noch … Ja, Altersfahrtauglichkeit. Heff ick kortens mit mien Kinner över snackt. Mien Deern sä: Öllere Lüüd, de schullen sick ja jedes Johr ünnersöken loten. Hörtest un Sehtest. Vonaf 60! Ja, heff ick seggt, dat seh ick ook … wat? Vonaf 60? Nee, mien Deern, dor ward nix ut. Ick kann mi denken, wat du wullt. Overs so licht kriggst du mien Auto nich. Ick? Dien Auto? Dat ick nich lach. Overs du möößt wohrhaftig no'n Sehtest, Gerd. Och nee, un worum? Du sühst ja al gor nich mehr, mit wat för'n ole Klapperkohr du al siet Johren rumföhren deist.

Oolt warrn mit Schokolood un Krüüzwoortrodels

Ick heff ja nu ook al siet'n Tiet de 60 to foten, un wenn ick de Statisters glöven do, heff ick ja noch achteihn Johr no. De Dokters seggt, ick kunn sogor noch een poor Johr mehr rutholen, wenn ick wat för mien Gesundheit do. Ick schall in'n Goorn arbeiten, Radfohren, Swemmen un een halve Stunn spazeern gohn. Dat is goot för de Knoken. Ick schall natürlich Gröönttüüg eten un Oovt, Alkohol blots in Moten drinken, dorför overs jeden Dag twee Stück swatte Schokolood eten. Is goot för't Hart. Krüüzwoortrodels schall ick lösen un ook Puzzles tosomen setten, dat mien Brägen wat to doon hett. Un tomindst acht Stunnen schall ick slopen. Ick will öller warrn un heff mi dorum mol een Fohrplon mookt, woans dat utsehen kann. Ick fohr also mit'n Rad in'n Goorn, bi't Afstiegen neih ick gau de Schokolood weg, ick riet een Appel direkt von'n Boom af un eet em up, denn plück ick Petersill un schuuv de achterher, un mien Fro steiht dor bi un seggt: Neun senkrecht – Niederschlag mit fünf Buchstaben. Ick drink een lütt Glas Rotwien un segg: Regen! Stimmt. Een halv Johr hest du wunnen. Mehr nich? Nee, seggt mien Fro, eerst wenn du vör de Schokolood noch dree Runnen swemmen deist, bi't Appeleten een Puzzle tohoopleggst un toletzt de Petersill in'n Gohn un nich in'n Stohn wegneihen deist, denn hoolst du mehr rut. Dat schaff ick nie! Stimmt seggt mien Fro. Un nu? Denn blifft di blots noch een Möbelstück mit veer Bookstoven. Een Bett? Nee, een Sarg!

Vadder un Mudder ehr gröttste Morgenvergögen

Mien Vadder, de hett ja jeden Morgen, noch in't Nachthemd, de Zeitung ut'n Breefkassen hoolt un denn in'n Bett mien Mudder de Dodesanzeigen vörleest. Dat anner, wat dor noch so instund över Politikers, Bankrövers un so Lüüd, dat interesseer em nich. Blots de

Dodesanzeigen. Toeerst bloder he no Anverwandte, Halfbekannte un ole Schoolkamroden. Un wenn he een funnen harr, denn keek he foors op dat Öller. Weern de düütlich jünger as he, denn sä he: Wat mag de woll hadd hebben? Oder: Kien Wunner, so as de leevt hett. Weern de Doden öller as he, denn heet dat blots: De hett't achter sick. Oder: Tja, eenmol is't vörbi. Vörbi weer meist no'n Viddelstünn ook dit lütte Dodesanzeigen – Morgenvergnögen. Un eerst denn sünd Mudder un Vadder upstohn. »Dat Leven geiht wieder«, stöhn Vadder denn un quääl sick ut'n Bett. An'n leefsten harr he ja een Zeitung blots mit Dodesanzeigen hadd. Weern de beiden nich vör Klock teihn ut'n Bett komen. Doch sowat gifft't ja leider noch nich. In dat lütte Regionalblatt von mien Öllern stoht ja tomindst noch jeden Dag Dodesanzeigen, in't Hamborger Ovendblatt blots Middeweken un Sünnovend. Dat harr mien Vadder gor nich uthooln. Dree oder veer Doog ohn Dodesanzeigen. De weer ja krank worrn. Un ick höör em noch snacken, as ick von tohuus, von us lütt Dörp no Hamborg trocken bün, dor hett he noch seggt: Hamborg, dat weer ja nix för mi. Nu weet ick, wo he dat meent hett.

Ick lees Horoskope, jawoll!

Wenn ick morgens de Zeitung opslo, weet Ji wat ick toeerst lees? Nee, nich de Dodesanzeigen. Heff ick fröher doon. Nu lees ick toeerst de Horoskope. Ick will ja weten, wat de Steerns vondogen för mi so vörsehn hefft. Dor steiht to lesen: »Es ist Zeit für Klärungen, die Chance auf Veränderung«. Goot, dat wull ick weten. Denn mit mien Bürokollegen wull ick al jümmers mol düütsch snacken. De bedeent sick eenfach so bi mienen Koffee un freet mi bobento ook noch de Kekse weg. Miene Kekse. Up den Weg no de Arbeit koop ick mi overs to Vörsicht noch een anner Zeitung, slo wedder de Siet mit de Horoskopen up, un wat lees ick: »Exotische Gewürze vertragen Sie heute nicht so gut.« Wat is dat denn? Ick will weten, of ick up'n Disch hauen schall oder nich. Exotische Gewürze? Hmmh. De sünd ja scharp. Wat schall dat heten? Hool ick mi also noch een drüdde Zeitung, un wat mööt ick in dat Blatt lesen? »Zügeln Sie Ihre Emotionen!« Aha! Verännern ja, man keen scharpen Peper dor bi un ook kiene starken Geföhlen. Wo schall dat gohn? An'n besten is, ick snack mit mien Kolleeg, ick segg em: Du büst egens een netten Keerl, overs wenn du di wiederhen eenfach so bi mien Koffee bedeenst un ook mi de Kekse ohn to frogen wegfrittst, denn … denn … müch ick di doch mol beden, of du dor över nodenken kunnst, of du dat henkriggst, overs blots wenn di dat nix utmoken deit, dat du dat blieven lettst mit den Koffee un miene Kekse. Un wenn ick morgen de Zeitung upsloon do, denn lees ick nich … nee … nich de Horoskope, denn lees ick doch toeerst doch wedder de Dodesanzeigen.

Hand up't Hart

Wo fangt dat an?

Ick mööt Jo mol ganz eernsthaft wat frogen: Sünd Ji al mol frömdgohn? Jo oder nee? Mannslüüd un Froonslüüd geevt sick, wat dat angeiht, seggt de Experten, nich veel. Bi de enen, de Mannslüüd, sünd dat knapp över 20 Perzent, bi de Froonslüüd blots een poor minner. Ick bün mi nich so seker, of dat stimmt. Stell di vör, du sittst an'n Stammdisch un dit Thema kümmt op. Müch den Mann sehn, de denn frank un free seggt: Ick bün mien Fro jümmers tro ween. De ward ja utlacht. Wenn de Froonslüüd ünner sick sünd, ward dor ook över snackt. Man ick weet leider nich, wat se sick so vertellt, de

Froonslüüd. Seker is overs, dat för Froons un Keerls Frömdgohn nich glieks Frömdgohn is. För Froonslüüd fangt dat al mit'n Kuss an, bi Mannslüüd eerst, wenn't in't Bett geiht. Ick heff dor mol mit mien Fro över snackt, un de süht dat just so. Küssen is al Frömdgohn. Also, ick finn dat jo överdreven. Mol seggen, wenn us Noversche t.B. to Besöök kümmt, denn drück ick ehr links un rechts een up. Up de Back. Wiel ick ehr lieden mag. Vör'n poor Doog overs keem se ook un bleev just in den Momang, bit Updrücken, mit ehrn Foot an'n Stohl behangen un – ick weet ook nich worum – mook dat »pfftt«. Mitten up de Lippen. Bün ick nu mit ehr frömdgohn? Ut Versehn? Also, dat ... langt mi nich. Ick heff dat mien Fro lever gor nich eerst vertellt. Nee, dat is veel beter so, as dat is: För mien Fro fangt dat Frömdgohn al bi't Küssen an, bi mi ... eerst orrig wat loter.

Goot mit'nanner utkomen

Mien Fro un ick, wi koomt goot mit'nanner ut. Echt wohr. Un dat liggt dor an, dat wi mit'nanner snacken doot, dat wi den annern dat spören loot, wat us nich passen deit. Dit »Insickrinfreten«, wat to een groden Barg anwassen deit, över den du denn nich mehr röver kümmst, sowat gifft bi us nich. Bi us kümmt ja allens foors up'n Disch. To'n Bispill leggt mien Fro ja jümmers ehr Handtasch up een von de Stöhl an'n Eetdisch. Is so, lehr ick ehr ook nich mehr af. Wenn't ick mi also to'n Ovendbroot hensetten will, liggt dor de Tasch. Ohhh! Doch de nehm ick denn eenfach hooch un legg ehr de direkt up'n Teller. Plopp. As ick al sä, bi us kümmt allens up'n Disch. Mien Fro dorgegen kann sick dor över argern, wenn ick mi de Puuschen antreck, de Strotenschoh overs in'n Flur eenfach so stohnloot. Wenn ick ehr denn so froog: Kannst mi mol even dat Broot röverlangen, denn gifft se mi een von de Schoh. Dorför smiet ick ehr de Fernsehtietschrift röver, de nix, overs ook gor nix up'n Ovendbrootsdisch to söken hett, se knallt mi nu de Post in de Arms, ick flenter ehr de Ersatzbrill röver un se mi den Autoslötel. Nu is endlich allens von'n Disch dool, wat dor nix up to söken hett, un wi kööönt mit dat Eten anfangen. Meist froogt mien Fro denn: Na, wat gifft't Nees? Äh, Hannes un Petra willt sick scheden loten. Nee! Doch! Un worum? Och, wiel se in'n Alldag nich mehr mit'nanner utkoomt. So, seggt mien Fro, na, Gottloff hefft wi socke Sorgen nich. Nee, dat segg man. Goden Aptiet. Ook so.

Dat Minuten-Glück

Wat heff ick nu wedder lesen musst: Ehepoore snackt in'n Snitt över Dag just söven Minuten mit'nanner. Tendenz fallend! Dat heet, dat nimmt mit de Johren stüddig af. Un meist geiht dat blots noch um Organisationsfrogen. Geiht't noch? Of dat in een Ehe goot löppt oder nich, dat kann een doch nich in

Snack-Minuten aftellen. Dat kümmt dor up an, wat du seggt un in wecken Ton. Kiek mol: Mien Fro un ick wi sünd ja nu al, äh, teemlich lang verheiroot. Un wi hefft us jümmers noch wat to vertellen. Dat geiht ja morgens al los. Ick wook up, dreih mi no ehr hen un segg: »Moin!« Fröher heff ick »Moin, mien Schatz!« seggt, man dat ward denn ja ook mit de Tiet langwielig. Heff ick den Disch deckt, denn roop ick no boben: »Fröhstück!« Un wenn ick denn no de Arbeit goh, denn segg ick natürlich »Tschüs!«. Koom ick ovends no Huus, denn froogt se: »Na, wo weer dien Dag?« Un ick: »Güng so«. Denn weet se doch Bescheed. Fröher heff ick foken retourfroogt: Un bi di? Doch dat mööt ick nich mehr. Wenn wat passeert is, denn vertellt se mi dat ook, wenn ick nich froog. Bi't Feernsehkieken snackt wi grundsätzlich nich. Anners kunnen wi den Apparot doch utstellen. Mien Fro geiht meist vör mi no'n Bett un slöppt al, wenn ick nokoom. Een poormol heff ick noch seggt: »Sloop goot!« Un denn is se wedder upwookt. Also heff ick dat loten. Tja, un annern Dag geiht denn mit

»Moin!« un »Fröhstück« wedder los. Un ick glööv, just dorum sünd wi jümmers noch mit'anner verheiroot. Wi snackt nich veel, man dat, wat wi seggt, dat kümmt von Harten.

Inloden

As ick güstern Ovend no Huus hen keem, seet mien Fro an'n Schrievdisch un mool wat up een Stück Papier. Mol schreev se wat up, denn streek se dat wedder dör. Kann ick di helpen? Se keek mi mit trurige Ogen an. Ick bün bi de Inlodungslist för mien Geburtsdag. Och jo, in twee Weken hest du ja … Nee, Gerd, in dree Weken is dat. Äh, stimmt. Un wo is dat Probleem? Ick wull geern Heiner un Bärbel inloden. Goot. Overs de köönt nich mit Uschi un Günter un de harr ick ook geern dorbi. Denn lood doch Sven un Magrit in. Geiht nich. Sven un Heiner sünd sick nich gröön. Hmmh. Wo weer't denn mit Imke un Dieter? Gode Idee. Imke un Dieter un Uschi

un Günter, dat geiht. Doch wat mook ick denn mit Sven un Magrit? Woso? Wenn du Heiner un Bärbel nich inloden deist, denn köönt de doch ook komen. Denkst du. Magrit un Uschi snackt al siet een halv Johr nich mehr mit'nanner. Denn striek Uschi un Günter un nehm doch Heiner un Bärbel. Overs Sven kann doch nich mit Heiner. Ick denk, Heiner un Bärbel sünd al rut. Nee, de sünd doch för Sven un Margrit wedder rinkomen. Un wat is mit Imke un Dieter? De köönt doch mit all, oder nich? Denkst du, de beiden hefft Striet ünner'nanner. Wat? Dat höör ick ja to'n eersten Mol.
Mien Fro harr nu de Snuut vull. Se knüll dat Blatt tosomen un smeet dat in'n Papierkorv. Weeßt du wat? Wi beiden fiert alleen. Gode Idee, sä ick, denn mööt wi ja blots noch twee Weken döörhooln un us nich vertöörn.
Gerd, dree Weken, dree Weken. Oha, of wi dat woll henkriegt?

Valentinsdag

Ick harr ja nich dacht, dat mien egen Kinner mi mol so dull up de Nerven gohn kunnen. Den ganzen Morgen pingelt ja in ene Tour mien Handy un jümmers is dat een von mien Göörn. Un jümmers geiht dat blots um ene Sook: Du, Gerd, denk dor an, vondogen is Valentinsdag. So, is dat mol wedder sowiet. Mookt de Blomenhökers un Schokolodenlodens mol wedder een goot Geschäft. Pff, sä mien grode Deern, du söchst doch blots no een Utreed. De Valentinsdag, de hett een lange Tradition ... un wenn ook ... un du büst doch för Traditionen to hebben. Jo, anners woll, man ... Un dorum kunnst du doch mol wiesen, dat du doch noch een romantische Oder in di hest. Wat schall dat denn heten? Valentinsdag, dat is wat för Jungverleevte, doch nich för een oolt Ehepoor so as wi. Woso dat denn nich? seggt mien Deern, ick dach, de Leev, de harr kien Enn bi jo oder is dat anners? Nee, is dat natürlich nich, blots äh ... Blots wat? Na ja, dat Neje is dor so'n beten von ... wo ick nich mit seggen will, dat wi beiden nich mehr … Gegendeel, overs … Overs wat? Snack di ut, Gerd. Wi sünd nu över 30 Johr verheiroot, mien Deern. Dat weet ick, un dor kannst di doch to freien. De mehrsten Poore hoolt nich so lang dör. Dat weet ick un dor frei ick mi ook to. Tja, Gerd, denn musst du dat ook wiesen, un dor fallt mi ook glieks wat Wunnerbors to in, to dienen ganz persönlichen Valentinsdag. Ohh, harr ick dat mit de över 30 blots nich seggt. Nu verdeent de verdreihte Blomenhöker doch noch richtig Geld an mi.

Is Grillen Mannslüüdsook? Nich bi us!

Wat heff ick lesen musst: Bi't Grillen sünd bi us Düütsche de Rullen fast verdeelt. De Froonslüüd sünd för den Soloot un dat Broot tostännig, wi Mannslüüd, wi kümmert us um dat Beer un dat Fleesch. Un wenn dat denn an dat Grillen sülvst geiht, denn ward dat noch slimmer. Updecken, also Tellers, Glöös un

Besteck verdelen, de Schötteln mit den Soloot rutbringen, Broot tweisnieden un Ketchup un Semp up'n Disch stellen, dat is in veel Familien Froonslüüdsook. De Mann overs, de steiht an'n Grill un leggt de Steaks un Brootwust up. Un kümmt sick dor bi vör, as een Urmisch ut de Steentiet, de de Gazelle noch sülvst joogt hett un nu dat Fleesch günnerhaft an sienen Clan verdelen deit. Nee, so wat gifft dat bi us nich. Ick bün ja över Dag up de Arbeit un dorum köfft mien Fro allens in för so een Grillovend. Un wenn se denn den Disch updecken deit, denn hett dat jümmers echt Stil. Un nüms kann den Soloot so anmoken as se. Un mi wurd ja nu in'n Droom nich infallen, ehr just dat Schöönste von so een Ovend, dat Grillen, ut de Hand to rieten un all dat Loff intokasseern, wat ehr doch tosteiht. Dat keem mi doch nich in'n Sinn. Ehr steiht de Ehr to, un de schall se denn ook hebben. Mi mookt dat nix ut, bescheiden in de Eck to sitten, mien Beer to drinken, mit us Gäst to snacken un to töven, bit mien Fro röppt: Dree Brootwust un twee Steaks sünd klor. Echt wohr, dat mookt mi nix ut.

Op de Reeperbahn

Wat Du in Hamborg so allens beleven kannst, dor is ja dat Ennen von af. Kortens weer ick in St. Pauli op de Reeperbahn, bün dor blots mol so'n beten langslopen. As ick just bi de bekannte Davidwach vörbi weer, snack mi een junge nette smucke knallblonde Fro mit lange Steveln an. Nich mol 30 weer de, un snack *mi* an. Na, junge Mann, sä se. Junge Mann! To mi! Hest nich lust mit mi'n Tass Koffee to drinken? Nu harr ick knapp'n halve Stunn vörher 'n Tass Koffee hadd un sä dorum: Nee, besten Dank, overs toveel Koffee is nich goot för mi. Weeßt du, mien Koffee, dat is nich so een as du em von tohuus kennst, mienen is orrig wat scharper. Wat? Scharper? Nee, ick verdroog so scharpe Soken nich. Se lach un wunk af.

Knapp twintig Meter wieder keem wedder so'n Deern op mi to. De harr swatte Hoor un droog so'n ganz korte Büx. Hotpants. Na, mien Söten. Mien Söten! Ick! Dat gefullt mi natürlich. Wullt nich'n Tass Koffee mit mi drinken? Ick denk, wat hefft de di hier all mit ehrn Koffee? Ick sä, ick heff just vör halve Stunn'n Tass Koffee hadd. Ick kann nich al wedder. Se lach. Dat glööv ick, mien Söten. Na, dach ick, de versteiht di tomindst. Un leep wieder de Reeperbahn dool, as mi upmol een op de Schuller tippsen dee. Ditmol weer't een Fro mit knallrode Hoor un knallenge Jeans. Ick dach, de Büx, de mööt doch kniepen. Na, mien Fründ, willt wi nich tohoop een Tass Koffee drinken? Nu weer't mi overs toveel. Nu passt Se mol goot up, junge Fro. Ick weet nich, wat dat hier up St. Pauli mit den Koffee up sick hett? Overs, dat dat mol klor is: Ick drink kien Koffee, denn mien Dokter hett mi Koffee streng verboden. Is dat nu klor? Se keek mi an un wunk af. Verheiroot un ut de Provinz. Goh mi af!

Dat Leven kann hart ween

Wat is denn noch gesund?

Ehrlich geseggt – ick weet nich mehr, wat ick eten un drinken schall. De een seggt: Margarine goot, Botter slecht. De anner: Tomoten gesund, Paprika nich. Un de drüdde: Just annersrum! Dorum goh ick ja mit mien Frogen in't Internet. Dor lees ick: Botter is beter. Is ja Natur. Is over just so fett as Magarine. Gifft sick also nix. Un anners een schrifft: Ick nehm blots noch Olivenöl. Overs an'n Sünndagmorgen Olivenöl up't Brötchen mit Eerdbeermarmelood? Also eerst dat Olivenöl un denn de Eerdbeermarmelood natürlich, doch ick weet nich. Ganz slimm ward dat, wenn ick Wien ingeven do. Heff ick eenmol mookt – nie wedder. Teihn Doog harr ick een slecht Geweten, wenn ick blots an Wien dacht heff. Wegen de Prozente. Un över Kees will ick ook nix mehr ut't Internet weten. Wat dor för Horrorgeschichten vertellt ward von »säurehaltig« un »schleimbildend«. Bah! Ick keem mi vör as een Dummbatz, mehr noch, as een Verbreker, wiel ick ja mien Kinner ook Kees to eten geev. Furchtbor. Un dorum heff ick besloten: Nee! Dit ganze Internet is mi von nu an pottegool. För mi is von nu an Wien gesund, un Kees is lecker. Un dorum steiht al fast, wat ick hüüt to'n Ovendbroot eten do: Schönen schimmeligen Roquefort-Kees, een Stück Baguette un dor een Glas däägten Bordeaux to. Dat hool ick dör. Un wenn mien Fro mi denn mit grode Ogen ankickt, denn segg ick blots: Hier geiht dat nich um Kees oder Wien, hier geiht um de Froog: Wer is starker: dat Internet oder ick?

De blaue Sack un dat gode Geweten

Kinner köönt ja ook 'n Stroof ween, mööt ick seggen. Mien Jung t.B., de hett ja nu rutkregen, dat he een Umweltgeweten hett. Mannonomann, dat kann ja anstrengend ween. Ick weer dorbi den Keller uptorümen un harr mi dor een groden blauen Müllsack för mit no ünnen nohmen. Dor wull ick allens rinsmieten, wat weg kunn. Un wiel he dor just över to keem, heff ick em froogt, of he mi nich even den Sack openhooln kunn. Ja, dat kunn he. Doch as he denn seeg, dat ick twee ole Wienbuddels, een tweien Plastikemmer un een rustige Soog tohoop in den blauen Sack smieten wull, kneep he den Sack opmol dicht. Hest du noch nix von Mülltrennen höört? Ja, klor, mookt wi boben in de Köök: Bio, Plastik un den Rest. Ja, un wat is dat hier? Ick sä: Allens Rest. Nix, so geiht dat nich. He leep no boben in de Köök un hool noch mehr von de blaue Sacken – un denn muss ick trennen. Den Plastikemmer no links, de Soog in de Midden un de Wienbuddels noch rechts. Doch denn funn ick ole Zeitungen: Müllsack Nr. 4 muss dor her un denn noch oolt Tüüg: Sack Nr. 5. Batterien: Sack Nr. 6. Den tweien Radiorecorder in Nr. 7 un de Farvpotten in Nr. 8. As wi den Keller schier harrn, dor stunnen dor wohrhaftig acht blaue Müllsacken. So, sä mien Jung, nu verstaut wi de schöön in't Auto un denn fohrst du dormit no den Recyclinghoff. Un wat schall ick jo seggen? Ick heff dat mookt, ick heff dat mookt – vonwegen dat gode Vörbild. As ick al sä: Kinner köönt ook'n Stroof ween.